기침이 나지 않는 저녁

기침이 나지 않는 저녁

초판 1쇄 발행 | 2023년 4월 20일

지은이 | 박한
펴낸이 | 황규관

펴낸곳 | (주)삶창
출판등록 | 2010년 11월 30일 제2010-000168호
주소 | 04149 서울시 마포구 대흥로 84-6, 302호
전화 | 02-848-3097
팩스 | 02-848-3094

이 책은 경기도, 경기문화재단의 지원을 받아 발간되었습니다.

기침이 나지 않는 저녁

박
한

시
집

삶창

그림자가 앞으로 지는 시간
불을 꺼도
유리에 비치는 증상은 낫질 않는다

거울 앞에서
화농 핀 얼굴로
다 쓴 연고를 힘주어 짜다
잎사귀 하나하나 붉은 이유를 알았다
내 얼굴도 이곳에선 공터였다

있는 악을 다 짜내며 사는 것들은
붉어지는 수밖에

부디 불길 마르지 않는 검은 기름이다 고갈되길

깊은 저녁, 바람이 희다

차례

1
부

빈 배

—육지의 노래

네가 내 배 속의 아이였을 때
나는 네가 다른 배에 오를 것이라 생각지 못했다

나의 양수가
네가 항해해야 할 마지막 파도라고 생각했기에
나는 너에게 헤엄치는 법을 가르치지 않았다

가방을 싸고 떠나는 너의 뒷모습이
침몰하는 중이었다는 것을
나는 내일이 돼서야 알아버릴 것이고
그러기에 나는 신발을 벗지 못한다
네 마지막 숨을 건져 올리기 위해
컵라면에 물을 붓고
가건물 안에서
네가 사라진 항적을 따라
몸을 흔들며 운다

가라앉질 않는 이 그리움

그날 아침으로 뱃머리를 돌려

가만히 있으라

내가 먼저 말했더라면

아가

너는 녹슬지 않았을 텐데

네가 영원히 하선해버린

그 하루를 인양하기 위해

오늘도 집은 빈 배처럼 혼자 떠 있다

뒤집힌 꽃잎
—바다의 노래

별이 떠 있나요 기다리는 곳에
밤새 이슬들이 무겁진 않나요
난 떠나온 곳에 바람만 외웠어요
파도를 아무리 뒤적여봐도 소용없어요

여긴 들어오지 마세요
어둠과 날숨들이 엉킨 이곳은
뒤집힌 꽃잎

종이 치질 않네요 아직 밤인가요
늦지 않았다면 이제 사과할게요
별을 바라보며 사랑을 꿈꿨고
누군가 그리울 땐 꽃을 꺾었죠

무슨 일이 일어난 거죠
나는 분명 봄이었는데
겨울나무들처럼 온몸을 잃어버린
뒤집힌 꽃잎

난 이제 알았어요
별이 이토록 어둡다는 것을
그리고 내 영혼이 이렇게 무겁다는 것을

어머니, 울지 말아요
난 이제 그만 어두워질게요
다만 내 이름은 꽃잎이라 기억해줘요
깊은 바닷속, 종소리 들리지 않겠지만
이 수업도 어쨌든 끝이 나겠죠

다큐멘터리
―사마에게*

죽은 아이를 안고 가는 아비의

포위된 비명

포대기 같은 두 팔과 콧등이 무너져

걸음마다 낙타 같은 눈물을 남기는 여자

큰 비가 내리는 줄 알았다

미사일이 별처럼 번쩍거리는 동안

거리의 건물들은 일상이

공범이라 실토하고

무너진 그늘을 선고받았다

어미의 품 안에서

잔해로 식어가는 아이

나는 괸 턱을 뗀다

내가 아침을 먹는 사이 시리아 알레포에선

달을 피해 숨어드는 사람들이 살았다

찌그러진 쇠 그릇만 겨우 건진 남자가

내일 날아올 고도를 재며 다시 쌀을 불리고

흙먼지 같은 가슴으로 어미는

밤새 칭얼대는 하늘을 업어 폭음을 달랜다

그때 불탄 버스의 핸들을 돌리며

환하게 웃는 아이

이제 학교에 안 가도 돼요

나는 그들이 결코 점령할 수 없는 영토를 보았다

* 시리아의 와드 알 카팁 감독이 시리아 내전 중 폐허가 된 도시 알레포에서 태어난 그의 딸 사마를 위해 제작한 2020년 작 다큐멘터리.

실종된 송혜희 좀 찾아주세요

경부고속도로
서초IC 상행
이파리 가득한 가지 사이에
송혜희가 없다

17세 송혜희는 분명
저 플래카드가 없는 곳에 있고
그러면 나는 저 플래카드가 없는 곳마다
송혜희와 함께 있는 것인데
그녀가 입었다는 흰 블라우스는
여전히 행방불명

나는
'좀'이라는 글자에
추월당한 채
가득 찬 도로 위
실종과의 격차를 계산한다

그녀는 시속 몇 킬로미터에서 사라진 것일까

정체된 존재와 펄럭이는 부재 사이

구름이 해를 밟으며

속도를 높인다

그때

—4·16

입고 있던 외투를 벗어 팔에 걸 때
작은 새들이 땅에 떨어진 햇살을 쪼아 먹을 때
떨어진 것보다 떨어질 꽃잎이 더 많을 때
어느 집 창문으로 끓는 찌개 냄새가 풍길 때
누군가 슬리퍼를 신고 쓰레기봉투를 들고 갈 때
고등학생쯤으로 보이는 여자아이가 갑자기 뛰기 시
작할 때

쪽문을 지나 나오는 놀이터에서 아이가 두발자전거
를 배울 때
흙 밑에서 지네를 발견한 아이가 소리 지르고
그 옆에서 할머니가 봄나물을 캘 때
'예수님은 부활하셨습니다'라는 플래카드가 교회에
걸릴 때
태극기가 펄럭이고
담장 따라 노란 바람개비가 돌 때
그리고 돌아보지 않는 이름들을 읽을 때

그때.

나는 계단을 두 칸씩 뛰어내리고
물을 울컥울컥 들이키고
돌멩이를 함부로 걷어차고
바람 반대 방향으로 뛰며
내가 모르는 아이의 이름을 삼킨다

바다의 목젖

동백이 필 때마다
난 의자 위에서 물장구를 쳤다
터널을 두 번 지나는 동안
소리 지르지 않는 법을 알고 있었다

갈매기 울음이 들리고
바다는 목젖을 내민 채
드러누워 있었다
그 주위로 까끌거리는 파도를 베어내는
날카로운 배들
난 수백 개의 목소리를
잊어버린 것 같아
손가락을 다 세고
다시 펼쳤다

목젖이 전부 잠기기 전
젖은 바위들은
무언가 들은 듯한데

들춰보면
귀를 막는 따개비들
난 하지 못한 질문처럼
출렁이는 빈 깡통들만
뒤집으며 울었다

무덤

선풍기 앞에서 입을 벌리고 있으면
창밖에는 비도 오지 않고
오래된 책 제목들을 거꾸로 꽂아두었다

아침에는 그리마가 머리맡까지 찾아왔지만
맞절을 하기엔 무릎이 너무 많았다
낮에 떨군 반찬 통에서 볶은멸치들이
모두 뜬눈으로 떨어졌다

난 모자를 벗었다 쓰며
자란 땀을 닦고
놀이터에서 흙 놀이를 했다
누워보지도 못하고 떠나는 바람들
손등을 기어가는 햇살 털어내며
코밑에 손가락을 대어본다

퍼내지 못한 숨들이 아직 많구나

나는 시곗바늘보다 빠르게
비스듬해졌다

오후 하나를 묻고 돌아오는 달은
손톱 끝이 까매져 있었고
그 밤 달빛에서 기어 나온 지렁이는
무덤처럼 오랫동안 풀벌레 소리를 들었다

폭죽 1

초저녁, 별이 불꽃을 낳는 소리
놀란 바다는 걸음을 뒤로 물린 채
밤이 이렇게 반짝여선 안 된다며
별들을 다그친다
능선 하나둘 지워지고
하얀 발들이 파도를 신었다 벗으며
건너오는 바다
모래 덮인 달빛 위에
나는 구두를 벗어 섬처럼 눕는다
새들은 어떻게 번지지 않고 저물까
파도 소리에 불을 붙이는,
이건 불빛을 털어내는 나만의 기술
하늘이 잘게 부서진다
해변이 검게 그을린다

폭죽 2

긴 도착이라 생각했다 오래전 떠나온 시간에서 이곳까지 몇 개의 방을 갈아탔는지, 몇 개의 신호를 지났는지 모르겠다 그새 나는 어른이 됐고 하늘은 이제 곧 푸른 여름 내가 가진 음가들이 초록빛으로 변해가는 순간 나는 폭죽을 꺼내들었다 파란 불빛이 날 거야 아니 까만 불빛이 날 거야 앞다투어 불을 붙인 우리는 먼저 귀를 막았고 하늘은 녹아내렸다 마주하며 짓던 웃음은 보물을 찾다 지친 소풍 같았다 몇몇 얼굴이 떠올랐고 기억이 꺼졌다 이별은 그렇게 아무도 없는 곳에서 혼자 울어버리고 오는 일이라고 말하곤 친구는 봉투에 젖은 바람을 모았다 잊히자며 쏘아 올린 폭죽은 눈을 감은 뒤에 더 선명하다 이때 남은 잔상을 모아 나는 노래를 지었다 돌아간 후에 짐을 너무 빨리 풀어버리지 않길 바라며

퍼스트 맨*

낯선 곳에 첫발을 디디고
인류가 맨 처음 한 일은 두리번거리는 것이었다
닐 암스트롱,
아무도 마중 나오지 않은 최초의 인간
그가 입은 옷을 보고
달은 자신이 바깥이라는 것을 알았다
첫 빙판이 언 서울역에
캐리어에서 두꺼운 옷을 꺼내 입는 파키스탄 노동
자와
버스노선표를 확인하는 유학생 사이
퍼스트 맨이
뒷면으로 누워 있다
바라보기 전부터
이미 다 가봤다는 듯
동전 소리에도 눈을 감고
얼마나 오래전에 도착했으면
발자국도 없이
저녁일까

난 얼마나 늦어버린 것인지

서는 길마다 마지막 줄인 별

이마가 차갑다

새치기를 해야겠어

두리번거리며 올려다본 하늘에서

비행기들이 날아오르고

언덕마다 간판들이 컬러로 나부끼고 있는

우주의 차가운 구석

이곳에 제대로 착륙하기 위해선

더 많이 기울어져야 한다

열차의 문이 열리고 닫힐 때마다

검게 인쇄된 과거 속에서

최초의 사람들이 마중을 나오고 있다

* 미국의 데이미언 셔젤 감독의 2018년 작품. 암스트롱의 이야기를 다룬 할리
 우드 영화이다.

샴

하나의 몸을 나눠 쓴다는 건

방음이 되지 않는다는 것

벽을 나눠 쓰는 당신과 나처럼

같은 목청을 사용하는 우린

한쪽이 울 땐 한쪽은 참아야 합니다

콘센트를 꽂거나

빨래를 털 때마다

울리는 벽을 함께 견디는

우리는 샴

같은 시간에 냉장고를 여는 느낌은

참으로 오묘합니다

아이가 없는 나와 아이를 낳은 당신이

동시에 존재하는 사각(死角)

슈뢰딩거는 고양이들이

쌍둥이라 믿었습니다

문을 열면

죽은 고양이와 산 고양이가

함께 돌아본다고 했거든요

당신이 문을 열 때마다
함께 덜컹이는 나의 낮
나는 살아 있는 쪽일까요
당신이 닿지 않는 나를 긁다가
그만 손이 붙고 말았습니다

저녁의 매무새

목련이 손목 아래에서 풀어집니다
별 사이사이 전깃줄이 그어지고
물컹해지는 불빛들
철공소 앞 그라인더에서
불꽃이 튀어 오릅니다
단단한 철근을 자르는 것이
둥근 바퀴 모양이라는 사실에
웃음이 납니다
자동차들이 새를 끊어내고
단속에도 무허가 노점 수레가
도로를 가로지르는 것을 보면
원심력이란
이 나라의 가장 큰 폭정
멈춰 있는 난
등이 젖고 맙니다
구겨진 차선 하나 없이
불빛이란 불빛은 다 채운 도시
바퀴가 도는 곳마다 사람들이 밀려나고

아무리 눈에 힘을 주어도
주름지는 얼굴을 나는 계속 고쳐 맵니다
골목을 완장처럼 두르고
도로엔 미등이 붉게 타고 있는 저녁은
그래서 늘 상복입니다

제주

큰 숲을 기르는
정수리가 높은 섬

바람은 단풍을 쓰고
구멍 난 담장 사이로
헤엄친다

철로와 교량 없이
온전히 하나인 맨살
제주에서 달은
물 위로 뱉어내는 첫 숨처럼 뜬다

억새들이 곤두서고
발가벗겨진 오름이 꼬리를 흔들면
붉게 내민 해가 서성이는
수평선은 낭창하다

몸을 뒤집는 하늘

파도에 발자국을 담그고 돌아와

신발을 벗으면

발등이 꼭 섬처럼 둥글다

깡통을 줍는 노인

잠이 들지 않은 날엔
장갑을 끼고 길을 나선다

실눈을 뜨는 골목

검정 봉투에 깡통을 주워 담는 노인은
네온사인처럼 빛나는 이름엔
관심이 없다

젊은이들이야 쉽게 구겨지지 않아서
버려진 것들이 궁금하지 않겠지

담배를 문 내 앞으로
길이 달그락거린다

눈 감지 않아도 꿈을 꾸는 너희는
이 밤 구석구석
한 모금도 남기지 말길

마주 오는 승용차에
몸을 비켜서는 깡통들
주둥이를 오므린 골목 끝으로
노인이 연기처럼 흩어진다

서울전파사

별빛으로 땜질한 저녁이
매일 고장이 나 돌아왔다

봄에 심은 나사들은
하나같이 흉작
쇠를 데우며
오후를 납땜하는 태양 밑으로
고장 난 가전들이 줄지어 서 있다

못난 놈들은 서로 얼굴만 봐도 흥겹다*
돌아간 턱을 다물지 못하는 전축과
머리를 치면
그제야 표정을 짓는 텔레비전이
인도까지 나와 늙었다

한때는 다 전성기였습니다

인두기를 내려놓아도 백발인 주인이

목장갑을 벗어 무릎을 털었다
나는 새 전구소켓을 고르고
고양이는 흠집마다 새 털이 자랐다
나사가 풀릴 때마다
함께 느슨해지는 노을

한번 꺼진 하루는 다신 안 켜져요

흉터로 흉터를 부축하는 가게
다 저물어 도착한 집앞에서
나는 담뱃불을 붙여
후후—
별을 지폈다

* 신경림 시인의 시 「파장」에서.

순한 골목

골목은 왜 이리 얌전한지
자꾸만 쓰다듬고 싶어요
숨을 쉬는데
신호를 기다릴 필요가 없어요
손가락 마디를 보면
내가 헤맸던 길목을 알 수 있죠
매일 걸어다녀도
달이 어느 창문에서 지는지 알 수가 없습니다
사실 골목은 지붕들이 기르는 것이라서
부르는 이름들이 달라요
고장 난 컴퓨터였다가
산지 직송 고등어였다가
김숙자 씨였다가
지현이 엄마였다가
가끔은 현석아 놀자가 돼요
왜 골목이
밤처럼 군데군데 멍이 드는지
술 취해 돌아오는 일용직

김기석 씨를 보면 알죠

그래도 골목은 도망치지 않습니다

쫓기는 사람들이

모두 골목으로 숨어드는지는

좁아야만 이해하는 습성

나도 쫓아오는 생활을 따돌리고

골목에서 뒷발로만 서봅니다

창밖에선 내가 걸어가고 있고요

멀리 돌아갈 수 있는

직선이 없는 지도는

여기에서 발명되었습니다

깨우지 마세요

난폭하진 않지만 겁이 많은 사람들이

불빛을 말고 숨어버릴지도 몰라요

쫑긋 세운 옥상들이 바람을 듣고 있습니다

빨래

가로등 불빛 하나둘 밝혀지는 시간이었습니다
남서풍이 불고
말려야 할 것이 많은 나는
속옷, 양말을 솎아내며
혼자서 무릎을 구부리는 일에
금세 걸어졌습니다

바닥에 떨어진 머리카락을 모아 뭉쳐보았지만
이젠 내 그림자가 아니었습니다

세탁기를 열고
계속 구겨지기만 했던 날을
손으로 펴 보았을 때
어떤 날은 무덤처럼 안과 밖이 뒤집혀 있기도 했고
어떤 날은 한쪽에서밖에 들을 수 없었던 이별의 이
유처럼
그 짝을 찾을 수 없었습니다
이럴 땐 정말 옛 애인에게 전화를 걸고 싶어졌습니다

물기를 털어내는 시간을 다 보냈을 때
달빛은 심장보다 축축했고
갑작스레 문자로 도착한 부고 소식에
난 머리를 다시 감아
양말을 신었습니다

한 사람이 벗어두고 간 생은
마르는 데 한참이 걸립니다

가장 맑은 그림자를 골라 집을 나선 지금
내일은 구름이 많을 것 같단 생각이 들었습니다

별빛을 모두 엎어놓을 겁니다

밤에는
사납던 오르막도
차분해집니다

막일로 거슬러 받은 하루에
소주와 감자칩을 담아 돌아오는 길
갓길마다 낮에 핀 그늘이 지고
얼마나 익어야 다시 아침일지
바람이 아삭아삭 내 뺨을 깨물고 갑니다

돌아온 집에서
손이 닿지 않는 것마다
이름을 심습니다
꿈이었다 춤이었다 사람이었다
싹이 트기에는 아직 밤이 얕지만
그래도 이 일에는 정년이 없으니 다행입니다
내 척박한 몸도 잘 덮어둔다면
언젠가 그리운 이름으로 쑥쑥 자랄 테지요

이불을 뒤척이는 매질 소리
얕게 묻은 자리는
잊히기 전에 발굴되어버리니
오늘 밤에는
별빛을 모두 엎어놓을 겁니다

은혜 갚은 세

전단지 한 마리가
가로등에서 푸드덕거렸다
선분양 2억5천,
내 열쇠로는 찢어진 곳을
꿰매줄 수 없었다
멀리서 온 것 같았다

월세 좀 넣어주세요
주인이 전화가 와서 말이에요
그건 새가 아니라 세라구요

전단지는 얌전했다
전 세입자가 두고 간 냉장고에 붙여놓고
신김치를 꺼내 먹었다
봄이 되면 공터마다
철근들이 자라
흐드러지는 쇳소리에
나는 별빛 아래 오줌을 누고 다녔다

창문을 열어두고 나간 오후
냉장고가 쉰 배를 웅웅 앓았다
창밖에선 레미콘 트럭들이
둥글게 익어가고
스리랑카에서 온 지 8년째 된 삐띠는
이제 겨우 개새끼야를 이해했다

납기일이 지난 고지서들처럼
차라리 유기되고 싶어

가로등 아래서 몰래
쓰레기봉투의 목줄을 풀어주었다
어느덧 무성해진 철근 위로
해가 보이지 않을 때
그늘이 너무 길게 자랐다며
주인이 와서 월세를 깎았다
나는 들고 있던

쓰레기봉투를 한 번 더 조여 맸다

2
부

밤에 대하여

다행이다
돌아갈 수 있어서

망치질도
펜도 멈추고
그렇게 각자의 고요로
젖은 발을 꺼내
말릴 수 있어서
힘들었던 몸을 닦아
질펀하게 늘어질 수 있어서

남은 것들 모두
아름답지 않아서 더 깊은 어둠
머리를 감고
심장 소리를 듣는다

오늘부터 나는 꿈을 꾸지 않기로 한다
씻긴 별을 찾으려 너무 많은 등을 문질렀기에

홀쭉해진 밤
곤히 자는 엄마는 깨우지 말자
태몽보다 커져버린 몸을 말리고
모든 것을 조금 아쉬운 대로 놓아둔 채
바람이 맨몸으로 불어온다

물집

파도는 백사장에 닿을 때마다
물집이 생겼다

뒤꿈치가 검은 바다를
맨발로 걷던 여자가 떠나고
나는 슬리퍼를 샀다

혼자 걷는 걸음에선
계속해서 모래가 차올랐다

새들이 앉은 곳마다 부푸는 바람
몽글은 바짓단을 내려
문창에 간판 빛이 부어오른
여관으로 갔다

그곳에서 살갗 안으로 치는 파도를
아침까지 긁었다

압천*

그림자를 버리고 날아오르는 왜가리

오리의 파문이 낳은

한 시인의 우거진 슬픔은 이제 이곳에 없다

막힌 곳 없이 자유롭게 흐르는 강물

다리 밑에서 일본 청년들이 기타를 치고

멀리 누군가 놀다 버린 공이 떠내려오는

시대의 시치미

오리들이 날개 밑으로 얼굴을 숨기고

얕은 과거 속에

피 묻은 부리를 헹군다

백로가 날개를 펴자

출렁이는 강

전선에 묶인 남의 하늘을 털어내고

집으로 가고 싶은 것은 나인지 그인지

올려다본 내 눈동자에서 물비린내가 난다

* 정지용 시인이 유학한 도시샤대학 근처의 강. 그가 이 강을 소재로 지은 시 「압천(鴨川)」의 제목을 차용하였다.

기침이 나지 않는 저녁

눈이 내린다
떠나간 사람은 아무리 생각해도
잘 뭉치지 않는다
손을 들지 않아도
모든 길들은 이별하는 중
난 치워진 눈보다 오래
기다려야 한다

왜 이런 곳에
동백이 피었는지 모른다
겨울은 낳은 것마다 목마를 태우고
어린 새들이 날아오를 때마다
누군가 그리운 사람은
창밖으로 몸을 내민다

팔짱을 풀고
하얀 간지럼을 타는 나무들
입김을 꺼내 분다

그러면 남은 얼굴들
여러 갈래로 흩날리고
쌓인 발자국 따라
별이 푹푹 뜬다

포그링[*]

이 조그만 수증기로 방을 다 채울 수 있을까
물 밖으로 치는 물장구
사방에 공간이 튄다

가습기에 물을 붓고
유리잔에 비친 긴 얼굴로
풀어지는 연기를 바라봤다

꼭 뜨거워야만
피어오르는 건 아닌 것 같다
팔을 긁적이다 건드린
부스럼처럼
좁은 방을 안개처럼 걸으며
내가 증발하고 있는 나의
유일한 목격자라는 생각

한 눈금 줄어든
그림자 하나

분갈이를 하기에는

아직 달이 작았다

* 탁상용 미니 가습기 이름.

밝은 귀

귀에 쌓인 달빛을 캐내다
바람 한 통을 다 썼다

주변을 둘러보면 잘 보이지 않던 빛이 있다
종일 그늘을 펼치던 나무의 우듬지와
키가 허리춤에 닿는 난쟁이 창문들
낮은 하천 위를 가로지르는 굴다리 밑에
가난한 오후들이 잔뜩 껴 있다
그 밑을 천천히 들어가 보면
누군가 피우다 버린 불화와 반항들이 꽁초처럼 모
여 있고
표준어가 되지 못한 욕설은 외설들과 어울렸다
나는 가끔씩 그곳으로 가
거미줄에 걸린 소리들을 보거나
바닥이 보이지 않는 맥박을 듣고 돌아온다
운이 좋으면 신발 밑에
껌 같은 것을 붙여 오기도 했다
누구에게나 내밀한 울음 하나쯤은 있으므로

나는 그곳에서 귀가 밝았다

귀가 밝다는 건 그만큼 외롭다는 것

어두운 고막 속으로

자전거를 몇 대 보내고

나는 집에 가서도

귀를 끄지 않았다

결로

새벽 창문에는
날개도 없이 붙어 있는 것들이 많다

바람이 들면
꽃잎들이 뚝뚝 떨어졌다

음각한 방에
달빛을 반쯤 따르고
떠난 연인을 생각했다

내 층층한 미련과
그녀의 체념 사이에는 온도 차가 있어
나도 아무 벽에 가서
잠시 서 있다 온 적이 많다

지금쯤 그녀는 다 닦아냈을까
유리잔을 기울여
귓불에 꽃잎을 단 그녀의 옆모습을 떼어낸다

새벽 창문에는
닦아 낼 수 없는 것들이 더러 있다
젖은 머리와 두꺼운 안경알
길어진 손톱과 그리운 마음이 그랬다

불량 주차장

너처럼 그림자를 좋아하는 녀석도 없을 거야
한 대분밖에 가질 수 없는 것은 나와 비슷하구나
꽁초들이며 버려진 쓰레기들이
너를 비행소년 정도로 보이게 하겠지만
막다른 골목에선 그거라도 안아보고 싶겠지
불빛들은 언제나 몰려다니는 패거리라
너는 늘 멍이 들어 있는 빗금일 거야
누군가 경고문을 붙여도 볼 테지만
그건 익명이 보장되지 않던 실태조사 같은 것
네 그 휜 선 안에
이름 하나 적어내지 못하는 이유겠지
결국 너나 나나 매일 빼앗기는 자리
너의 결석을 이해한다

운동장에서 뛰던 앞 번호 아이는 무릎이 빨갰고
계단을 오르면서도 자주 뒤를 돌아봤어
책가방도 신발주머니도 다 뺏겨버리고
길처럼 누워버려야 끝이 나던 하루

나는 간다, 네 불우한 이야기를 다 태우지 못해
네 편이 되어줄 수가 없다
뛰어내리지도 못하는 몸이니 잘 웅크려 있길
길고양이처럼 발자국을 감춘 네 친구들이
골목을 긋느라 시끄럽다

외계

어묵을 끼우고 있을 때
포장마차로 피부가 벌건 외계가 들어왔다

아이스크림처럼 녹고 있는
이 시시한 별에 왜 온 거냐고 물었고
그는 죽음을 보려고, 라고 대답했다

왜?
우리 별에서 죽음은 교과서에 적힌 마지막 왕조였
거든
그럼 시간 여행잔 거야
우린 시간의 안쪽뿐이 보지 못해
여행이란 밖으로 나갈 수 있는 자만이 가능한 거야

나는 어묵을 국물에 담갔다

삶을 먼저 관람하는 건 어때?
그건 박물관에 널렸어 너무 자주 발굴 돼 희소성

이 없지

　넌 고고학자니?

　우주를 지나려면 어떤 별빛도 파내선 안 돼

　돌아갈 길을 영영 찾지 못하게 될 수도 있어

　계산을 위해 내민 내 손을 바라보는 그는

　영원을 사는 우리에겐

　연대는 아무 의미가 없어

　라고 말한 후 되돌아 나간다

　넌 복원되지 못할 파편이구나

　그의 눈동자는 식은 가마처럼 어두웠다

비가 넘어지며 온다

비를 보며
오돌뼈를 씹는다
넘어지는 것은
나만의 시간이 아니다
무릎이 젖은 사람들을
전등은 그림자를 흔들며 논다
술잔을 부딪치며
다시 일어설 수 있다고 생각하는
나의 오랜 식성
불판에 둘러앉은
취한 인부들의 검은 뒷덜미에
생은 그을린 살을 사는 것 같다고
속삭인다

사랑에 실패하고 돌아온 남자가
빈 잔을 채운다
피 한 방울 흘리지 않는 불티와
어떤 비명도 지르지 않는 비

아무 흔적이 없는 이 증상을
그는 오돌뼈를 삼키고
넘쳐버린다
비보다 먼저
젖어버린 자세와 양말을 신고
오래도록 일어서고 있다

사거리의 보호색

일몰이 되면 깊은 강바닥까지 적색이 됩니다
달려들던 차들도 멈춰 섭니다

다른 방법이 있다면
숨지 않아도 될 테지요
얼마 전 나이 많은 누나 앞에서
울었습니다
뭐 해 먹고살 거냐는 아버지의 말에
고개를 들 수 없던 까닭으로 기억합니다

눈썹이 긴 횡단보도는
이런 처지와 형편을 백색과 흑색으로만 구분해
여기서 나는 회색의 보폭으로 걷습니다
눈이 큰 가로수들은
푸른 잎들을 꼬리처럼 잘라내고요

얼굴 주위로
덥수룩한 구름을 기른 노을이 점점 멀어지면

다시 분주해지는 청색, 흰색, 황색들과 함께
발굽이 갈라진 별들도
이동을 시작합니다

고비를 넘긴 듯하지만
아침이 오기까지
나는 가장 취약한 자세로
꿈을 꿔야 합니다

세밑

달을 입안에 넣고 살살 녹여봐요
나는 나를 자꾸만 없애요
불을 켜지 못합니다
못난 것들은
바람으로 얼굴을 가려 걷죠
이것이 내 첫 번째 증상
난간에 섭니다
이곳에는 아무도 없기에
걸어가면서 벽들을 다 만져봐요
나는 너무 시끄러워서
벽과 친해지기로 했습니다
사실이 되고 싶거든요
사실이 아닌 것들은
쉽게 가라앉죠

이름을 쓸 때마다 꼭 하나가 모자라
자주 왔던 길을 되돌아갑니다
이것은 내 두 번째 증상

잃어버린 한 음을 찾기 위해
높은 문장들을 넘나들다
무릎은 상처투성이입니다
하지만 모든 글자들은 출처가 있어서
나는 여전히 한 음 모자란 음악으로 불립니다
이런 멜로디는 잊기 어렵죠

전기장판 위에서 선풍기를 켜고 잠든 기록
바르게 누운 몸 옆으로
햇살들 다정히 누워 있습니다
내년을 생각하며
받침처럼 두 다리를 모으고 실소를 짓는 나
올해 지은 표정이 얼굴에 자국처럼 남았습니다

아빠, 난 이미 세 번째 증상을 살고 있는 것 같아요
밤이면 누구도 본 적 없는 등을 가지게 되니까요

내 몸을 열고 뒤적이는 손들

오늘 밤에는 달이 민가까지 내려올 것 같습니다

눈 내리는 새

눈 내리는 새가 있어

그건 안으로만 쌓인

계절을 날지

꼭대기에서

발자국을 접어 날리는

영하(零下)

스케치북을 꺼내

눈에 그림자를 그려 넣었어

자리를 내어주는 것은

제 그림자를 이고 가는 것

새의 꽁무니를 쫓아

수많은 창을

덧칠했지

쌓이는 것은 모두 염려였을까

하나였던 등에서

아이가 그림자를 이고 내려오네

새가 눈을 놓아두고 날아오르네

남산

처마 끝까지 망설였다
산비둘기는
케이블카를 보며
처음으로 날개를 의심했다

젊은이들이 열쇠를 버리고 간 숲에서
나무들은 모든 이파리가 풀려 있었다

길어진 저녁에
허공이 되는 이름을 나도
잠가놓은 적이 있다

언젠가 너무 그리워지면
자물쇠를 풀어 수위를 맞추는 거라고
타워 아래서
멋대로 이름을 매달았다

그날

주머니가 없는 삼나무들은
가지를 밤새 꺼내놓았고
성곽을 넘어오는 케이블카에게
새들은 발톱을 추궁했다

나는 아무리 내려가도
바람이 새는 야경이었다

틈

개미 한 마리가
벽에 난 금으로 들어간다
땅에 비집고 들어선
생의 최소 단위
보이지 않는 새의
날갯짓 소리에
틈이 멈춰서 더듬이를 세운다

페인트가 벗겨진 평일 낮 사이로
슬리퍼를 끌며 우유를 사러 가는 남자
동굴의 습성을 닮아
그림자를 거꾸로 매달아놓고
돌멩이를 던지면
소리가 뒤늦게 울린다

우리의 삶은 자꾸 오차가 생겨
나는 맨살에 연고를 바르지

그늘이 걸려 넘어지고
바람 불지 않는 곳이 없는 몸
흰 우유를 쥐고
두 무릎이
건물 사이를 더듬으며 돌아간다

원미공원

남자가 떨어지는 꽃잎을 낚아채자
여자가 소원을 빈다

진달래 핀 원미공원에
꽃잎이 완전히 이울기 전
사람들은 소풍처럼 돗자리를 폈고
꽃잎에 볼을 맞댔다

공원을 오르던 난
산새가 우는 즈음에서 땀을 흘리고
신발 끈이 풀려도 좋았다

여기까지 오르느라 등이 젖었을 꽃잎들을 위해
나도 바람에 흉금을 벌리고
조금 더 벌어져 있을 수 있겠다 생각했다

깁스한 연인을 부축하며
남자가 떨어지는 꽃잎을 손에 쥐려 한 건

저물어가는 시간에 대한 몸짓이었을지 모른다

어느덧 정상을 지나는 꽃들
나는 발가락에 힘을 주고
진달래들을 앞질러 걸었다

1998

폐업 포스터를 뜯어
딱지를 접는 소년
뜯어진 담장마다
개들이 다리를 들어 올리고
건너편 공장에 트럭이
며칠째 넘어가지 않는다
딱지를 내려칠 때마다
탁탁 붙었다 터지는 골목
그때 민들레 홀씨 하나가
어쩔 수 없이 날아가는 것을 본다
그리고 소년은 이상해하지 않는다
아무것도 물어 오지 않는 개와
얼굴을 가리고 우는 사람들
공장에서 돌아오지 않는 아버지까지
소년은 납작한 노을을 주워
무릎을 편다
고개를 들어 짖기 시작하는 개들
수없이 던졌던 질문이

딱지를 벗어난다

소년은 이제 저녁을

한 발자국도 접지 않고 걷는다

낮술

그의 기타교습소에서
가장 많이 쓰다듬은 음표는
'늦었어'였다

기타 줄마다 누레진 허밍을 말려놓고 걷지 않은 건
멤버들이 모두 떠난 후라고 했다

그곳에선 무릎을 조금만 뻗어도
음 이탈이 나고
웃음은 채 한 마디를 넘지 못했다

노래가 끝나면
무슨 말을 해야 할지 모르겠어

그는 가장 좋아하는 스케일을
술잔에 채우고
우리는 함께 멜로디 같았던 꿈들을 입에 물고 태웠다

느린 햇살이 좁은 오선지를 다 오르고
그는 날 보며 한 박자 늦게 손을 흔들었다

하루가 반음 가라앉아 있었다

관상용 수조

새벽부터 나무는 몸을 떨었다
종소리가 울릴 때마다
그늘이 돋아나
철봉에 매달린 아이가
내려오지 않는다
물에 뜨지 않는 발목
서 있는 것을 참지 못하고
옆으로 헤엄치는 꽃들
열린 창문으로
공기를 쏟는다
출렁이는 수조

우린 거기에 없어

철봉에서 아이가 내려온다
살아남은 나는 진화일까

운동장에 버려진 발자국을 밟으며

해가 진다

사직

수직의 사직서를 본 적이 있다
길게 매달린
펜보다 마른 필체 끝에는
마침표가 두 번 찍혀 있었다

그런 사람이라 했다
이른 아침마다 단지 입구에 서서
오가는 차들을 향해 허리를 굽히고
상한 음식에도
친절하던

옆집에서 이상한 냄새가 나요

이웃의 한마디에
봉투가 열리고
사직(辭職)이 사직(死直)으로 오기된 몸을
수리할 권한이 없는 우리는
모두 코를 막았다

빨래가 널려 있는 창가에
몇 번을 털어냈을 그의 번의가
바스락거리고
눕혀지는 그를 보며
왜 뜨겁던 말들이
쓰이고 나서
그리 빨리 식어버리는지
알게 되었다

한 획을 긋기 위해
재떨이에 갈아놓은 담뱃재들
밤새 켜져 있던 침묵이
유언의 전부
햇빛에 비춰 본 방은 빈 봉투처럼 하얬다

3
부

발톱의 뒷면

발톱은
달을 닮아
매일 밤 자라났다
별이 뜨는 가죽
기침 소리 앞에서
엄마가 뒷면을 잘라낸다
네 천식 말이야
나는 불이 꺼진 쪽으로
돌아눕는다
별 밖에서도
같은 중력으로 기침을 한대요
눈을 비비며
가라앉은 발톱을 모으는 엄마
네 기침이 밝았더라면
잘라버릴 텐데
이제 발톱도 다 저물었으니
나는 뒷면을 더 길러볼래요
딸싹, 불을 끄는 별과 어머니

그날 밤

나는 옆으로 누워 잠을 잤다

가풍

아버지는 복대를 하고 일을 나가고
난 구름 하나를 보내는 일만으로
하루를 다 산 날이 있다

오후에는 햇빛이 침대 끝에 잠시 걸터앉다 가기도
했다

커피를 마시며
남미의 바람은 여기보다 쓸 것이라 억지를 부리고
김치 통을 씻어 말렸다

누군가 내 꿈을 비웃은 날마다
페이지 끝을 접어놓았다

해가 지면 돌아온 아버지와 함께 바람을 탁본했다
켜지지 않는 골목들이 종종 찾아와
나는 낯선 동네로 가서 전구를 사 왔고
어세와 오늘을 구분하느라

얼굴을 하루 먼저 닦기도 했다

어제 신었던 양말을 발을 바꿔 신으며
아버지는 등 뒤로 부황 자국 같은 뭇별이 펑펑 떠 있
을 때
다시 집을 나서고
자면서도 힘을 빼지 않은 죄책감 덕분에
나는 이유 없이 늦장을 부렸다

오늘은 어제보다 늦을 거야

아침마다 새로운 다짐처럼 사는 일도
가풍처럼 오래되어
한 번도 가지 않은 방향으로 그림자를 뻗었다

어디를 가도
송화를 털기 좋은 날이었다

도락리 민박
　　—청산도

도락리 민박에선 아침부터
말린 가자미와 주꾸미젓갈이
큼지막하게 썰린 해풍과 유채꽃 노란 담벼락과 함께
차려졌습니다
평상 밑에서 방울이가 생선 머리를 잘근거리고
그늘은 방으로 들어가 다리를 뻗고 누웠습니다

섬은 벌써 이듬해 같았습니다
사람들은 나이가 많았고
유채꽃이 북쪽을 향해 피었습니다

오후에 꽃들은 사진에 찍히느라 예쁘고
나와 아버진 길섶에 자란 지명을 짚어가며 섬을 올
랐습니다

흙에선 동백나무 밑을 살피고
물에선 몽돌을 들추며
이곳에선 헤매는 것은

참으로 쉬운 일이라 생각했습니다

우리는 바위 밑 고인 땀을 식히며
난 햇살이 독해진다고 했고
아버진 걷다 보면 그늘도 온다는 말을 주고받다가
몇 해 전 쓰러졌던 할머니가
밥을 짓고 있는 곳으로 되돌아갔습니다

저녁엔 가시가 잘 발린 별빛이 상에 올랐고
좁은 방에서 우린 번갈아 코를 골 수 있었습니다

달은 오랫동안 미끄럼틀에서 내려오지 않았다

지퍼가 고장 난 가방에는
엄마가 싸준 반찬들이
엉덩방아를 찧었다

철봉 옆 쥐똥나무에서
참새들이 낙차를 버티고
그네 밑은
혼자서 착지한 사람들의 기억으로
웅숭깊다

오늘은 자고 가라는 엄마에게
나는 눈웃음을 짓지 말았어야 했는데

아무도 없는
미끄럼틀에 올라
어릴 적
밥때가 되면 부르던 목소리를 생각하다
두 무릎을 모아 안고

둥그레졌다

엄마에게 전화를 걸어
내가 보이냐고 묻고 싶었다

홍시

할머니의 느린 호흡과
담장 아래 뭉친 장독들을 앓는 마당에
큰삼촌이 심었다던 감나무가 여름이면
시원한 햇살에 등목을 했습니다

그늘이 툇마루까지 젖어도
할머니는 한 줌도 닦아내지 않았습니다

주삿바늘에 꽂혀
까무잡잡한 얼굴로
통째로 말라가던 가을

수발이 길면
멀쩡한 사람도 아프다며
잘라버리자 하면 할머니는
안아주던 때처럼 팔을 벌리셨습니다

그렇게 가을은 다 물러서

흙으로 내려갔습니다

보문동

하루 정도 지나야 선명해지는 골목이 있다
넓은 문이란 뜻을 가진 동네가 그랬다
이곳엔 계단이 많았고
나는 늦게까지 누워 있을 수 있었다
오래된 마을은 햇살도 허름해서
곳곳에 그늘이 샜다

주차장에 50cc 스쿠터의 주인은
한참 동안 나타나지 않았다
아줌마들은 간판이 없는 건물을 들락거리고
오후가 되면 조그만 화단을 비둘기 둘이 와서 쪼았다

이 동네에선
누군가를 기다리는 것은
이처럼 그림자를 늘리며
창문을 오래 여는 일이었다

사전연명의료의향서*를 받으러 다니는 엄마는

제 수명보다 긴 사람들을 만나러 매일 계단 아래로
갔고
　나는 현관에 신발을 고여놓고 발톱을 짧게 깎았다

　밤이 되면 계단 가장 높은 곳부터 어두워져서
　중턱에 멈춰 선 사람도 볼 수 있었다

　동네의 이름은 오래된 절에서 따온 것이라고 했다
　여기서 내 이름은 그렇게 오래된 것이 아니었다

* 임종 과정에 있는 환자가 되었을 때를 대비하여 연명치료와 호스피스 이용에
관한 의사를 작성하는 문서

흑백사진

바다를 맞대고 있는 마을에선
봄이 오기 전 인도를 걷어냈고
꽃이 피는 일은 사람이 돌보지 않아도 됐다

엄마는 대부도에 가자고 전화를 했고
난 오랜만에 면도를 했다

엄마는 사진기로 낮을 밤처럼, 밤을 낮처럼 찍었다
연안에선 들꽃을 찍다가
언덕에 올라 바다를 찍었다
그때마다 한쪽 눈을 감고
잠깐이지만 바람에도 흔들렸다

아직 필 때가 아닌데
허리를 숙여 돌단풍을 찍는 엄마의
검은 머리 속에 흰머리가 그득했다

색깔 봐 너무 예쁘지

돌아오는 길에 들춰진 인도를 걸으며
엄마는 눈동자가 화사했고

난 흑백사진 같은 밤이 더 깊어지도록
별빛을 솎아내고 싶은 마음이었다

악수

이건 오래전부터 이어져온 풍습
기름 묻은 손이
흙 묻은 손을 맞잡는다

할머니 손자 왔어요

목소리를 길게 빼고
손등을 꼬집어보아도
고장 난 눈동자에겐
나는 너무 먼 주파수

하얀 벽에 기대
냉장고가 텅 빈 몸으로 식어가고
병상 주위에
다 자란 자식들이
간이용 의자에 앉아
꾸벅꾸벅 우는 밤

장난감을 사준다며
봄마다 문방구로 향하던 그녀를
난 이제 따라갈 수 없다

여름 무릎에 눕혀
부채를 부쳐주던 샐녘
마지막 날숨으로
길었던 악수가 눈을 감는다

별빛 야행

구름 많은 날 고궁에 가면
경회루 짙은 못과 서둘러 진 개꽃은
서로를 등진 배경이 됩니다

아버지와 난 단청 아래서 모자를 벗고
나보다 나이 많은 문양을 관람했습니다

홍례문에서 교태전까지
멸망한 바람들로
우리는 손이 차가웠고
가다 서다를 반복하며 붙어 앉곤 했습니다

'V' 자를 그리거나 어깨동무를 하는 건
서로에게 낡지 않는 포즈가
되어주기 위한 것들이었습니다

별 뜨지 않는 낮과 그림자 지지 않는 밤을
반반씩 닮은 기와는 어제처럼 아득해지고

가늘게 뜬 아버지의 눈 위로

구름 같은 주름이 차곡차곡

짙어졌습니다

나는 이 저녁을

오래오래 걸어둘 수 있을 것 같습니다

만조

파랗게 물든 바위
발자국 없는 그곳에
두 발을 씻어두고

영원히 오지 못할 줄도 모르고
아비는 바다에다 무엇을 속삭였을까
해국 피어나고
사라지는 아이 웃음

담장에 넌출지는 담쟁이 베어내며
어미는 높은 곳에 집을 갖고 싶다고

영원히 떠나지 못할 줄도 모르고
바람 불자
뒷산 말뚝을 고쳐 박는다

돌아보기 전

엄마가 흰 육교를 건너오는 동안
난 가장 긴 그늘 밑에서
강아지와 함께 걷는
사람의 뒷모습을 맡아보고 있었다
그가 돌아보기 전까지 나는
눈을 돌리지 않았고
내가 돌아보기 전까지
엄마는 도착하지 않았다

높은 하늘이 하얀 땀을 흘리는 길마다
조각난 그늘을 하나씩 팔고 있었다

나를 부르는 소리에 돌아보기 전
어디로 가야 집이 나오는지
알 것만 같았다

코스모스 화창한 방향이었다

벌집

침대마다 어른들이 하나씩 누운 병실

말벌 한 마리가 나가는 길을 찾지 못하고

커튼 사이를 오간다

간을 세 번째 잘라낸 아저씨가

창문을 슬쩍 열어놓는다

분명 근처에 벌집이 있을 거라고

한 침대에서 목소리가 들리자

모두가 자신은 아니라는 듯 침묵

아프면 어린아이가 된다는데

어릴 적 맞았던 기억도 지금은 치료할 수 있을까

사탕 봉지를 건네는 삼촌

입이 까끌거려

달이 멀어질 때마다

신음 소리를 낸다

벌은 창문을 벗어나지 못하고

삼촌은 내가 왜 벌을 받아야 하냐며

몸을 비튼다

간호사는 저녁을 다 맞아야만 환해질 거라 말하고는

살충제로는 죽이지 못한다며 나가버린다
침상은 왜 모두 성인용일까
생각하는 순간
좁은 틈새로 빠져나가는 벌
내일 침대 하나가 빌 거라는 소문이
윙윙거렸다

둥글게 둥글게

둥글게 살라는 말을 듣고 나는
일요일에 어린 조카와 함께
온 거실을 뛰었습니다

서로의 손을 잡고 속도를 높이며
조카는 까르르까르르 이마가 젖고
나는 뒤꿈치가 어두워졌습니다

조카가 씹다 뱉은 젤리며
시끄러운 텔레비전 소리며
널브러진 색연필이며
불투명한 내일이며
지난 헛디딤들이
모두 한 점처럼 뭉쳐졌습니다

사람들이 왜
때로 술에 취해 옆으로 걷는지
벌건 얼굴로 웃고 있는 아버지는

그 이유를 아는 것 같았습니다

아버지는 모서리가 하나도 없었습니다

아이들의 시청률

젖꼭지가 많은 리모컨
—밥은 먹었니
무선으로 물어보는 어머니
그 사이로 눈이 내린다

다시 한번 엄마를 눌러보고 싶어요

뿌드득 숫자를 밟는 아이
텔레비전 화면에 저녁이 차려지면
아이는 젓가락질이 서툴다

흰 자막을 다 지나서 돌아온 엄마는
기울어진 구두 한 짝을 광고처럼 눕히고
아이를 안아 4:3으로 웃는다

아침드라마가 되고 싶어요

등을 토닥이는

내일의 예고

아이가 약봉지 같은 손을 펼쳐
아픈 척을 한다
엄마가 그릇 위에 남은 대사를 닦는다

원룸

비밀번호를 알고 있는 엄마는
내가 사는 원룸에 올 때면 꼭 벨을 눌렀다

절룩거리는 다리로 곧게 복도를 걷고
문을 열기 전
목덜미가 다 늘어난 내 난닝구를 고쳐 잡는 일로
우리는 정중했다

이곳은 층이 높아서 좋아
창문을 오래 열어놓으면
바닥에도 달이 떠요

물이 끓는 동안
엄마는 침대에 누웠고 나는 서 있었다

여기선 환할 때에도 숨이 차요
희망에 내성이 생기질 않아요
결국 우린 광중으로의 포복을

처방 받게 될 것 같구나

그녀가 떠나고
입천장을 문지르며
넓은 창을 부러워했다
밤이 깊은 줄도 몰랐다

나는 이제
―10월 29일 이태원

나는 이제 함부로 눈을 뭉치지 못하겠지
좁은 골목과 담장 위로 쌓이던 것들이
모두 숨구멍이었단 걸
너희는 이해했을까

붙어선 내 슬픔이 미안해
빨간 벽돌마다 손잡이를 달아둘 거야
자물쇠란 자물쇠는 모두 다 풀어 놓을 거야
네가 한 조각도 깨지지 않게
거울들을 가려 놓을 거야
다신 짓밟히지 않도록
진열장 위 구두들 다 벗겨 놓을 거야

나는 알지
그래도 너에겐 가지 못할 거야
길은 눈에 묻혀도 여전히 두근거려*
어딘가 숨을 참지 않고는 갈 수 없는 곳을
너희는 가려한 걸까

118

별도

신호도

너흴 위해 깜박이는 것 하나 없는 날

나는 한동안 내리막에서도 숨이 찰 거야

큰길에서도 자주 멈춰 설 거야

모든 벽들이 쓰러질 때까지

주먹 대신 손바닥을 펴고

부르튼 그 길을 밀며 휘적휘적 걸어갈 거야

* 장석남 시 「눈길」에서

해

설

———————

"쫓기는 사람들"을 향한
시적 교감

이성혁 문학평론가

박한 시인은 2018년 제24회 '지용신인문학상'을 수상하며 문단에 나왔다. 수상작은 「순한 골목」이다. 심사위원들(유종호 평론가, 오탁번 시인)은 이 시가 "사물과 사물을 바라보는 시적 자아를 참신한 상상력으로 형상화시키고 있다"고 평가했다. 필자도 「순한 골목」을 읽으면서 박한 시인이 사물에 대한 남다른 감수성을 갖고 있다고 생각했다. 사물에 대한 감성은 특정한 장소에 대한 감성과 통한다. 사물은 어떤 장소 안에 자리해 있기 때문이다. 「순한 골목」뿐만이 아니라 시집 전체에서 박한 시인의 장소에 대한 시적 상상력을 읽을 수 있다. 그에게 장소는 그의 삶과 육체와 밀접하게 맞닿아 있다. 그래서인지 그의 시에서 장소는 마치 살아 있는 생물처럼 표현되기도 한다. 「순한 골목」에서의 '골목'이 그렇다. 시인은 이 시의 첫 부분에서 "골목은 왜 이리 얌전한지/ 자꾸만 쓰다듬고 싶어요"라고 말하는 것이다. 골목은 얌전히 앉아 있는 고양이의 등처럼, 또는 착한 꼬마의 머리처럼 다정하게 쓰다듬고 싶은 생명체다. 이를 보면, 박한 시인에게 특정한 사물이나 장소는 어떤 마음을 불러일으키는 시적 대상이다.

「순한 골목」은 이 시집의 시 세계를 대표하는 시 중의 하나라고 할 만하다. 그래서 이 시를 좀 더 읽어보기로 한다. 시에 따르면 골목은 "지붕들이 기르는 것"이다. 낮은 지붕 아래 좁은 길이 거미줄처럼 얽혀 있는 골목을 떠올리면, 저 시구가 느닷없지는 않다. 지붕은 어떻게 골목을 키우는가? 이 시에 따르면 지붕 아래에서 생활하는 사람들의 삶이 키운다. 그래서 골목의 정체성을 가리키는 골목의 이름도 골목에서 생활하는 사람들이 만들어준다. 가령 골목에서 어떤 아이가 외치는 "현석아 놀자"가, 또는 어떤 상인이 외치는 "산지 직송 고등어"가 그 골목의 이름이 되는 것이다. 이 이름들은 골목의 존재성을 형성한다. 시인은 이 시의 후반부에서 골목의 그 존재성이 어떠한 함의를 가지는지 다음과 같이 쓴다.

왜 골목이
밤처럼 군데군데 멍이 드는지

술 취해 돌아오는 일용직

김기석 씨를 보면 알죠

그래도 골목은 도망치지 않습니다

쫓기는 사람들이

모두 골목으로 숨어드는지는

좁아야만 이해하는 습성

나도 쫓아오는 생활을 따돌리고

골목에서 뒷발로만 서봅니다

창밖에선 내가 걸어가고 있고요

멀리 돌아갈 수 있는

직선이 없는 지도는

여기에서 발명되었습니다

깨우지 마세요

난폭하진 않지만 겁이 많은 사람들이

불빛을 맡고 숨어버릴지도 몰라요

쫑긋 세운 옥상들이 바람을 듣고 있습니다

—「순한 골목」 부분

　골목의 존재성을 형성시키는 생활인 가운데에는 취객
도 있겠다. 아마 일용직 노동자 '김기석 씨'는 술에 취한
날이면 희망 없는 세상에 대한 울분으로 골목 담벼락을
발로 찼을 것이다. 시인은 김기석 씨 같은 이들이 골목을

즐겨 찾는다고 한다. 골목이 "군데군데 멍이" 들어 있는 것은 그 때문일 테다. 일용직 노동자 김기석 씨 '같은' 이란, 가난에 쫓기며 사는 사람을 가리킨다. 그들은 술에 취하면, 그 쫓기는 삶에서 잠시라도 숨기 위해 좁은 골목을 찾아 울분을 토한다. 골목은 그러한 그들을 "도망치지 않"고 다 받아준다. 그래서 골목은 '순한 골목'이라는 존재성을 갖게 된다. 시인 자신도 "쫓아오는 생활을 따돌리"기 위해 골목을 드나든다. 하여 골목을 시적인 시선으로 바라보고 있는 시인의 눈에는 골목길을 따라 "내가 걸어가고 있"는 모습도 포착되는 것이다. 고단한 밥벌이를 해야 했을 박한 시인에게 구불구불한 골목길은 직선으로 가기만을 강요하는 세상의 압력으로부터 숨어들 수 있는 장소였을 것이다. 그래서 시인은 그 길이 "멀리 돌아갈 수 있는/ 직선이 없는 지도"를 "발명"했다고 말하는 것이다. 그에게 골목길은 자신의 삶이 나아갈 지도가 되어준 것, 그 지도는 시 쓰기의 길을 안내해주었을 것이다. 그를 시인의 길로 이끌어 주었는지도.

박한 시인이 골목길을 걸으면서 만난 이들은 주로 가난에 "쫓기는 사람들"이다. 역시 골목의 존재성을 형성시키는 그 사람들은 시인에게 시적 대상으로 나타난다. 시인이 시화(詩化)한 "쫓기는 사람들"은 어떤 이들인가? 「깡통을 줍는 노인」에서 볼 수 있듯이, 깡통을 주워 파는 극

빈자 노인과 같은 이들이다. "실눈을 뜨는 골목"에 나타나는, "네온사인처럼 빛나는 이름엔/ 관심이 없"는 노인. "젊은이들이야 쉽게 구겨지지 않아서/ 버려진 것들이 궁금하지 않겠지"라는 그의 말은, 노인이 깡통처럼 구겨진 삶을 살면서 세상으로부터 버려진 존재자임을 암시한다. 그의 존재감은 "주둥이를 오므린 골목 끝으로" "연기처럼 흩어"질 정도로 미미하다. 「퍼스트 맨」에서는 서울역에서 "파키스탄 노동자와" "유학생 사이" "뒷면으로 누워 있"는 노숙자가 조명된다. 시인은 이 노숙자를 달에 처음 발자국을 남긴 '퍼스트 맨', 닐 암스트롱에 비유한다. 노숙자에게 이 세상은 달처럼 어둡고 허허벌판일 뿐이다. 그는 달에 처음 내렸을 때의 암스트롱처럼 "두리번거리는 것"밖에는 할 수 있는 일이 없다. 시인은 노숙자가 거주하는 서울역을 달의 어두운 면과 같은 "우주의 차가운 구석"이라고 부르며, "이곳에 제대로 착륙하기 위해선/ 더 많이 기울어져야 한다"고 말한다.

　이렇듯 박한 시인이 길에서 주목하는 대상들은 가난에 쫓기다가 비참한 지경으로 떨어진 사람들이다. 이들을 주목하여 시화하는 박한 시인에게, 겨우 삶을 지탱하거나 죽음으로 몰리는 사람들이 생활하는 도시의 거리는 다음과 같은 이미지로 포착되기도 한다.

단속에도 무허가 노점 수레가

도로를 가로지르는 것을 보면

원심력이란

이 나라의 가장 큰 폭정

멈춰 있는 난

등이 젖고 맙니다

구겨진 차선 하나 없이

불빛이란 불빛은 다 채운 도시

바퀴가 도는 곳마다 사람들이 밀려나고

아무리 눈에 힘을 주어도

주름지는 얼굴을 나는 계속 고쳐 맵니다

골목을 완장처럼 두르고

도로엔 미등이 붉게 타고 있는 저녁은

그래서 늘 상복입니다

―「저녁의 매무새」 부분

    김기림의 도시 풍경 시를 연상시키는 모더니즘 풍의 이미지화가 돋보이는 위의 시는, 하지만 김기림의 활달한 도시시와는 달리 암울한 풍경을 보여준다. 위의 시에 따르면, 도시의 "원심력", 즉 도시를 돌리는 바퀴는 노점상을 하는 이들처럼 가난한 이들을 도심 밖으로 밀어내는 "폭정"과 같다. 밀려나는 와중에도 가난한 이들은 악

착같이 생활을 찾아야 한다. "무허가 노점 수레가" 단속을 피해 "도로를 가로지르"는 것에서 볼 수 있듯이. 하지만 그 밀려나는 생활은 위험에 맞닥뜨릴 수밖에 없다. 그 도로 위를 가로지르며 도주하면서 언제 죽음의 사고를 당할지 알 수 없기 때문이다. 그래서 화려하게 "불빛이란 불빛은 다 채운 도시" 속의 "미등이 붉게 타고 있는" 도로에 대해 시인은 "상복"을 입었다고 말하는 것이다. 이렇듯 위의 시도 역시, 박한 시인이 도시 한복판에서도 죽음에 "쫓기는 사람들"의 이미지에 깊은 인상을 받고 있음을 보여준다. 한편, 위의 시는 시인이 그들 앞에서 어떤 자세를 취하고 있는지도 보여주고 있다. 멈춰 서서 도로를 가로지르는 무허가 노점상을 바라보고 있는 그는, "아무리 눈에 힘을 주어도/ 주름지는 얼굴을" "계속 고쳐" 매고 있는 중이다. 그의 등은 땀 때문인지 젖어 있다. 왜 등에 땀이 나고 얼굴이 주름지는 것일까. 시인이 바라보고 있는 도시 풍경으로부터 '원심력의 폭정'에 시달리는 사람들의 운명과 시인 자신의 삶이 중첩되어 있음을 감지하기 때문이다.

그렇기에 시인은 무심한 관찰자가 아니다. 「비가 넘어지며 온다」에서 시인은 그의 시적 관찰 대상인 사람들로부터 자신의 삶에도 해당될 삶의 진실을 발견한다. "오돌뼈를 씹"으며 술을 마시고 있는 화자는 "불판에 둘러앉

은/ 취한 인부들의 검은 뒷덜미"를 보면서 "생은 그을린
삶을 사는 것"이라는 진실을 직관적으로 발견한다. 불판
위에서 검게 그을리고 있는 듯한 삶은 인부들의 것만이
아니라 시인 자신의 것이기도 할 테다. 그렇기에 이 시의
후반부에 등장하는, "비보다 먼저/ 젖어버린" 자세로 "빈
잔을 채"우고 있는 "사랑에 실패하고 돌아온 남자"는 바
로 시인 자신과 중첩된 인물이라고 볼 수 있다. 이렇듯 시
인은 시적 관찰 대상으로부터 자신의 삶이 처해 있는 상
황으로 돌아온다. 역으로 말하면 그의 삶과 중첩되는 인
물들에 시적인 관찰의 촉수를 댄다고도 하겠다. 시인이
타인의 "내밀한 울음"을 듣기 위해 "귀를 끄지 않"는 것은
"그만큼 외롭"(「밝은 귀」)기 때문이다. 역으로 말하면, 도시
에 사는 이들을 관찰하면서 그들의 "내밀한 울음"을 듣고
자 하는 시인의 작업은, 그 자신이 외로운 삶을 살고 있다
는 것을, "나는 아무리 내려가도 바람이 새는 야경이
었"(「남산」)음을 환기시킨다.

　도시의 여러 삶들을 관찰하면서 그러한 외로움의 감정
에 휩싸일 때, 시인은 자신의 방으로 돌아와 농도 짙은 서
정시를 쏟아내게 될 터, 표제작인 아래의 아름다운 시는
바로 그렇게 써진 서정시라고 하겠다.

눈이 내린다

떠나간 사람은 아무리 생각해도

잘 뭉치지 않는다

손을 들지 않아도

모든 길들은 이별하는 중

난 치워진 눈보다 오래

기다려야 한다

왜 이런 곳에

동백이 피었는지 모른다

겨울은 낮은 것마다 목마를 태우고

어린 새들이 날아오를 때마다

누군가 그리운 사람은

창밖으로 몸을 내민다

팔짱을 풀고

하얀 간지럼을 타는 나무들

입김을 꺼내 분다

그러면 남은 얼굴들

여러 갈래로 흩날리고

쌓인 발자국 따라

별이 푹푹 뜬다

─「기침이 나지 않는 저녁」 전문

백석의 시를 연상시키는 시다. 참신한 시적 이미지를 통해 외로움의 정서를 절절하게 표현해 내는 데 성공한 시이기 때문일 것이다. 누구에게나 그렇듯이 시인에게도 떠나간 사람이 있다. 그 사람에 대한 기억은 지금 내리고 있는 눈처럼 잘 뭉쳐지지 않는다. "남은 얼굴들"은 "여러 갈래로 흩날"리고, 그리하여 "모든 길들은 이별하는 중"이다. 떠나간 이에게 다가갈 수 있는 기억의 길들이 모두 지워지고 있는 것이다. 다만 겨울 어느 곳에서 갑자기 마주치게 되는 동백처럼, 문득 그 "그리운 사람"이 "창밖으로 몸을 내"밀 때가 있을 뿐이다. 시인은 이 순간이라도 만날 수 있기를 "치워진 눈보다 오래/ 기다"리고 있다. 떠나간 사람들이 "푹푹" 눈 위에 남긴 발자국을, 길 없는 길―이별해 버린 길―을 비추어 줄 별처럼 여기면서 말이다. 그렇기에 외로움을 더욱 농도 짙게 만들 그리움은 시인에게 사라지지 않는다. 떠나간 사람은 눈발처럼 기억 속에서 흩날리고 있더라도, 시인은 그 사람이 남긴 발자국에서 삶의 길을 찾기 때문이다. 그래서일까. 정지용의 「유리창」을 상기시키는 시 「결로」에서, 시인은 "새벽 창문"에 생긴 결로로부터 "떠난 연인을" 떠올리기도 한다. 마치 눈에 찍힌 발자국에서 별을 보듯이.

　　새벽 창문에는
　　날개도 없이 붙어 있는 것들이 많다

　　바람이 들면
　　꽃잎들이 뚝뚝 떨어졌다

　　음각한 방에
　　달빛을 반쯤 따르고
　　떠난 연인을 생각했다

　　내 충충한 미련과
　　그녀의 체념 사이에는 온도 차가 있어
　　나도 아무 벽에 가서
　　잠시 서 있다 온 적이 많다

　　지금쯤 그녀는 다 닦아냈을까
　　유리잔을 기울여
　　귓불에 꽃잎을 단 그녀의 옆모습을 떼어낸다

　　새벽 창문에는

닦아 낼 수 없는 것들이 더러 있다

젖은 머리와 두꺼운 안경알

길어진 손톱과 그리운 마음이 그랬다

—「결로」 전문

결로는 이젠 "날개도 없이 붙"어 있어서 다시 날아오를 수 없는 것이지만, 차마 닦아낼 수 없는 것이기도 하다. 결로는 시인의 기억에서 지울 수 없는 헤어진 연인의 이미지("젖은 머리와 두꺼운 안경알")이자 그 연인에 대한 "그리운 마음"이 투영된 것이기 때문이다. 그리움은, 눈발처럼 흩날릴 기억들을 불러일으킨다. "내 충충한 미련과/ 그녀의 체념 사이"의 온도 차 때문에 "아무 벽에 가서/ 잠시 서 있다 온" 기억들을, 외로움에 더욱 사무치게 할 기억들을 말이다. 그래서 기억들은 시인에게 아름다운 것만은 아니며, 그를 괴롭히기도 하는 무엇이다. 그가 "귓불에 꽃잎을 단 그녀의 옆모습을 떼어"내려고 하는 것은 그 때문이겠다. 그래서인지 「밤에 대하여」에서 시인은, "씻긴 별을 찾으러 너무 많은 등을 문질렀기에" 밤이 "홀쭉해"졌다며 "오늘부터 나는 꿈을 꾸지 않기로 한다"고 결심하기도 한다. "모든 것을 조금 아쉬운 대로 놓아"두고 "맨몸으로 불어"오는 바람이 되겠다며 말이다.

하지만 박한 시인은 기억을 버릴 수 없는 사람이다. 도

리어 그는 다른 시편들에서 더 깊은 기억 속으로 이끌려 들어간다. 어린 시절의 기억 속으로 말이다. 그 기억은 가족에 대한 기억과 맞닿아 있다. 가령 「1998」은, IMF가 터졌을 때의 암울한 상황을 배경으로 삼아, 시인의 소년 시절에 대한 기억을 펼쳐 보이는 시로 보인다.

폐업 포스터를 뜯어

딱지를 접는 소년

뜯어진 담장마다

개들이 다리를 들어 올리고

건너편 공장에 트럭이

며칠째 넘어가지 않는다

딱지를 내려칠 때마다

탁탁 붙었다 터지는 골목

그때 민들레 홀씨 하나가

어쩔 수 없이 날아가는 것을 본다

그리고 소년은 이상해하지 않는다

아무것도 물어 오지 않는 개와

얼굴을 가리고 우는 사람들

공장에서 돌아오지 않는 아버지까지

소년은 납작한 노을을 주워

무릎을 편다

고개를 들어 짖기 시작하는 개들

수없이 던졌던 질문이

딱지를 벗어난다

소년은 이제 저녁을

한 발자국도 접지 않고 걷는다

—「1998」전문

  골목길에 있을 "뜯어진 담장" 아래, "폐업 포스터를 뜯어/ 딱지를 접는 소년"이 있다. "건너편 공장"은 가동이 중단되었는지 "트럭이 며칠째 넘어가지 않"고 있으며, 아버지는 "공장에서 돌아오지 않는"다. 갑자기 아버지가 왜 돌아오지 않는지, 왜 사람들이 "얼굴을 가리고" 울어야 하는지 소년은 알 수 없을 터, 그는 외로이 딱지를 치면서 딱지에 대고 수없이 질문을 던졌을 것이다. 하지만 "어쩔 수 없이 날아가는" "민들레 홀씨 하나"를 발견하면서 소년은 이 상황을 "이상해하지 않"고 받아들인다. 그리고 비로소 소년은 노을을 접고는 무릎을 펴고 일어서는 것이다. "수없이 던졌던 질문이/ 딱지를 벗어"나게 되었기 때문이다. 하여, 소년은 "저녁을/ 한 발자국도 접지 않고" 걸으면서 홀로 치던 딱지치기와 결별한다. 그때 소년은, 이 황폐한 세상을 인식하게 되었다기보다는, 이 세상의 스산함을 받아들이는 법을 알게 된 것일 테다. 저 민들레 홀씨처럼 어쩔 수 없이 이 세상 속을 떠돌아다녀야 한다는 것을 말이다.

위의 시의 소년은 1998년 당시 시인 자신의 모습이 아닐까 추측되는데, 그렇다면 위의 시는 기억의 재구성을 통해 시인의 내면적 성장 과정을 압축적으로 보여주는 시라고 하겠다. 박한 시인에게 골목길은 공간적 차원만이 아니라, 마음속 기억 안으로 뚫려 있다는 의미에서 시간적 차원의 의미 역시 갖고 있는 것이다. 「보문동」 역시 기억의 시간과 공간 묘사가 결합되어 전개되고 있어서 주목된다. 이 시에 따르면, 보문동은 "늦게까지 누워 있을 수 있었"던, "계단이 많았"던 마을이었다. 그리고 그곳은 "햇살도 허름해서/ 곳곳에 그늘이 셨"던 "오래된 마을"이었다는 것. "누군가를 기다리"기 위해선 "그림자를 늘리며/ 창문을 오래" 열어야 했던 그 동네에서, 시인은 "밤이 되면 계단 가장 높은 곳부터 어두워져서/ 중턱에 멈춰 선 사람들도 볼 수 있었"던 "간판이 없는 건물" 속에서 살았다고 한다. 허름한 보문동 곳곳에 깔려 있었던 그늘은, 지금도 여전히 어두운 기억으로 채워져 있는 시인의 마음을 표현한다. 박한 시인의 시적인 시선이 쓸쓸하고 외로운 사람들에게 뻗쳐 있는 것은, 그의 정신적 고향이 이 그늘진 마을이기 때문일 것이다.

그러나 박한 시인이 그늘진 풍경만 기억에 떠올리는

것은 아니다. 시인은 소년 시절의 기억보다 더 깊이 자신의 기억 속으로 들어가서 유년 시절의 포근한 장면과 만나기도 한다.

지퍼가 고장 난 가방에는
엄마가 싸준 반찬들이
엉덩방아를 찧었다

철봉 옆 쥐똥나무에서
참새들이 낙차를 버티고
그네 밑은
혼자서 착지한 사람들의 기억으로
웅숭깊다

오늘은 자고 가라는 엄마에게
나는 눈웃음을 짓지 말았어야 했는데

아무도 없는
미끄럼틀에 올라
어릴 적
밥때가 되면 부르던 목소리를 생각하다
두 무릎을 모아 안고

둥그레졌다

엄마에게 전화를 걸어
내가 보이냐고 묻고 싶었다
　　　—「달은 오랫동안 미끄럼틀에서 내려오지 않았다」 전문

　"어릴 적/ 밥때가 되면 부르던" 어머니의 목소리는 시
인을 둥글게 감싸주었던 사랑을 표현한다. 그래서 시인
은 "미끄럼틀에 올라" 그 목소리를 생각하면서 "두 무릎
을 모아 안고" 보름달처럼 "둥그레"지곤 했던 것, 이 기억
을 통해 시인은 자신 앞에 구불구불한 골목길 이전에 둥
근 놀이터가 놓여 있었음을 새삼 깨닫는 것이다. 놀이터
는 "혼자서 착지한 사람들의 기억으로/ 웅숭깊"은 곳이
다. 하지만 어른이 되고 찾은 놀이터는 기억만을 불러일
으킬 뿐이다. 이 유년의 놀이세계는 다시 반복될 수 없는
것이다. 그의 유년 시절을 채워주었던 할머니의 죽음이
그러한 사실을 시인에게 각인시킨다. 할머니의 죽음은,
"장난감을 사준다며/ 봄마다 문방구로 향하던" 할머니를
시인이 "이제 따라갈 수 없"게 만들었다는 사실을 말이
다. 장난감을 사줄 분은 이제 없다. 그러나 할머니가 돌아
가시기 전, 마지막으로 악수하며 맞잡았던 교감의 감각
은 시인에게 남아 있다. "기름 묻은 손"과 "흙 묻은 손"의

악수. 이 악수를 통해 시대와 세대를 뛰어넘는 공명이 지금 여기에도 둥근 세계를 잠시나마 형성한다는 것을 시인은 인식한다.(이상, 「악수」)

박한 시인은 이 시집에서 손을 맞잡으면서 형성되는 둥근 세계에 대한 시적 탐구를 더 깊이 있게 진척시키지는 않는 것으로 보인다. 어쩌면 다음 발간될 시집에서 더 진척된 시적 탐구를 보여주게 되지 않을까 짐작되기는 한다. 하나 이 시집에도, 그 둥근 세계가 잠시나마 이 자리에서 현재화되는 장면을 보여주는 시를 볼 수 있긴 하다. 「둥글게 둥글게」가 그 시다. 이 시는 시인이 어린 조카와 함께 손을 잡고 온 거실을 둥글게 돌면서 뛰어다니는 장면을 묘사한다. 시인은 유년 시절로 돌아가게 이끄는 조카와의 이 놀이로, "불투명한 내일이며/ 지난 헛디딤들이/ 모두 한 점처럼 뭉쳐"지는 경험을 하게 된다. 위에서 언급했듯이, 그의 기억은 눈발처럼 쓸쓸하게 흩어지는 성향을 가지고 있었다. 그것은 그의 시세계에서 미래는 아직 확보되지 못한 불투명한 시간이기 때문에, 그 기억들을 안으로 뭉칠 수 있는 응집력을 가질 수 없기 때문일 것이다. 그런데 할머니와의 악수에서, 그리고 어린 조카와 손을 잡고 둥글게 도는 놀이에서, 시인은 불투명한 미래와 헛디뎌 왔던 과거가 뭉쳐질 수 있는 어떤 가능성을 찾을 수 있게 된 것이다. 더 확장해서 생각하면, 그

가능성은 세대나 지역을 넘어 이루어지는 사람들 사이의 교감, 나아가 산 자와 죽은 자 사이의 경계를 넘는 교감을 통해 가시화될 수 있다고 할 수 있다.

박한 시인은 그 가능성이 역사, 사회적 비극을 이겨낼 수 있는 힘으로 작동할 수 있다는 것을 시집 첫머리에 실려 있는 일련의 시들을 통해 보여주기도 한다. 세월호 참사에 희생된 아이가 "어둠과 날숨들이 엉킨"(「뒤집힌 꽃잎―바다의 노래」) 바다 속에서 엄마를 향해 부르는 노래와, 육지 위의 "빈 배처럼 혼자 떠 있"는 집에서 희생된 아이에게 보내는 엄마의 노래(「빈 배―육지의 노래」)는 산 자와 죽은 자 사이의 대화를 보여준다. 이 시편들은 시인이 참사로 희생당한 아이 및 아이의 가족과 상상력을 통한 교감을 시도했기에 써질 수 있었을 것이다. 나아가 「다큐멘타리―사마에게」는, 시인이 아침을 먹으며 시리아 내전 관련 다큐멘타리 〈사마에게〉를 보다가 내전으로 고통 받고 희생되는 아이들에게 감응되는 모습을 보여주기도 한다. 비록 화면을 통해서일지라도, 수억만 리 떨어진 곳의 고통 받는 타국인들과도 교감이 이루어질 수 있는 것이다. 시인은 이 지옥 같은 상황에서도 "환하게 웃는" 화면 속 아이의 모습에서, "그들이 결코 점령할 수 없는 영토를 보았다"고 말한다. 이 아이의 이미지에 감응된 시인은 어떠한 권력이나 폭력도 완전히 박탈할 수 없는 인간의 가능성에 대한 진실을 직관적으로 인식하게 된 것이다.

「서울 전파사」 역시 「다큐멘타리 — 시마에게」의 주제와 공명하는 시로 보인다. 시인은 "고장난 가전들이 줄지어 서 있"는 '서울전파사'를 흥미롭게도 "흉터로 흉터를 부축하는 가게"라고 이미지화한다. 이 늙고 흉터 입은 '못난 놈'인 '고장난 가전'들이 "쫓기는 사람들"과 유추 관계에 있다는 것을 우리는 능히 짐작할 수 있다. '서울전파사'는 "하나같이 흉작"인 이들이 서로를 의지하는 사물들의 공동체다. "쫓기는 사람들"도 교감을 통해 그러한 공동체를 이룰 수 있을까? 이 시집에서 박한 시인은 여기까지 시적 사유를 진행시키지는 않은 듯이 보인다. 하지만 그가 현재 이러한 시적 사유로 나아가는 길 위에 있다고는 생각된다. 아래의 시는 이를 암시적으로 보여준다.

남자가 떨어지는 꽃잎을 낚아채자
여자가 소원을 빈다

진달래 핀 원미공원에
꽃잎이 완전히 이울기 전
사람들은 소풍처럼 돗자리를 폈고
꽃잎에 볼을 맞댔다

공원을 오르던 난

산새가 우는 즈음에서 땀을 흘리고

신발 끈이 풀려도 좋았다

여기까지 오르느라 등이 젖었을 꽃잎들을 위해

나도 바람에 흉금을 벌리고

조금 더 벌어져 있을 수 있겠다 생각했다

깁스한 연인을 부축하며

남자가 떨어지는 꽃잎을 손에 쥐려 한 건

저물어가는 시간에 대한 몸짓이었을지 모른다

어느덧 정상을 지나는 꽃들

나는 발가락에 힘을 주고

진달래들을 앞질러 걸었다

―「원미공원」전문

    이 시집에서 보기 드물게도, 위의 시는 밝은 햇빛이 비치는 공원 풍경을 펼쳐 보여준다. 물론 이 시에서도 시인은 여느 시처럼 풍경을 바라보는 화자로 등장하는데, 이 풍경에서 그가 포착하는 이들은 "꽃잎에 볼을 맞"대고 있는 사람들이라는 점이 특이하다. 특히 시인은 "깁스한 연인을 부축하며" "떨어지는 꽃잎을 낚아"챈 남자에 주목하면서, 그 남자가 "꽃잎을 손에 쥐려 한 건/ 저물어가는 시간에 대한 몸짓"일지 모른다고 해석하고 있다. "떨어지는 꽃잎"처럼 "저물어가는 시간"을 붙잡고자 하는 남자와 교감하면서 내린 해석이겠다. 그런데 시인은 이로부터 자신의 시작(詩作) 방향을 새로이 찾아낸 건 아닐까. 저무는 시간 앞에서 외로움과 쓸쓸함의 감정에 휩싸여 있는 것보다 그 '시간-꽃잎'을 앞서서 포착하고 붙잡고자 하는 시 쓰기. 이렇게 써진 시는, "깁스한 연인" 같이 아픈 이들을 부축해줄 수 있는 교감의 힘을 제공해줄 수 있을지도 모른다. 그래서 시인은 시의 마지막 연에서, "어느덧 정상을 지나는 꽃들"을 "앞질러 걸"으려는 의지를 표명하는 것 아니겠는가.

하나, 지금 생각해보면 박한 시인이 길 위에서 "쫓기는 사람들"의 "내밀한 울음"을 듣는 외로운 작업을 해나갔던 것은, 그들과의 교감을 통해 시를 씀으로써 교감의 시적 힘을 다시 그들에게 제공하고자 했기 때문이지 않았을까 한다. 그렇다면 위의 시는, 그러한 시작 동기를 좀 더 의식화하면서, 교감의 시를 쓰기 위해 "발가락에 힘을 주"고 길을 걸으리라는 시인으로서의 의지를 새로이 다지는 시라고 하겠다. 이 교감에의 의지가 박한 시인의 앞으로의 시 쓰기 작업에 강력한 동력으로 작동하면서 "쫓기는 사람들"과의 공동체를 모색하는 데로까지 나아갈 수 있기를 기대한다.

삶
창
시
선

———